LE BALAFRÉ DU CAP DU DIABLE

3064. A3E. 2

Paul Rousseau

LE BALAFRÉ DU CAP DU DIABLE

Illustrations d'Isabelle Langevin

■ N A T U R E   J E U N E S S E ■

ÉDITIONS
MICHEL
QUINTIN

Données de catalogage avant publication (Canada)

Rousseau, Paul, 1956-

   Le balafré du cap du diable

   (Nature jeunesse ; 20)
   Pour les jeunes de 8 à 12 ans.
   ISBN 2-89435-209-3

   I. Langevin, Isabelle. II. Titre. III. Collection.

PS8585.O853B34 2003   jC843'.54   C2003-940621-0
PS9585.O853B34 2003
PZ23.B68Ba 2003

Révision linguistique : Monique Herbeuval
Illlustrations : Isabelle Langevin

La publication de cet ouvrage a été réalisée grâce au soutien financier de la SODEC et du Conseil des Arts du Canada.

De plus les Éditions Michel Quintin bénéficient de l'aide financière du gouvernement du Canada par l'entremise du Programme d'aide au développement de l'industrie de l'édition (PADIÉ) pour leurs activités d'édition.

ISBN 2-89435-209-3
Dépôt légal - Bibliothèque nationale du Québec, 2003

© Copyright 2003
Éditions Michel Quintin
C.P. 340, Waterloo (Québec)
Canada J0E 2N0
Tél. : (450) 539-3774
Téléc. :(450) 539-4905
Courriel : mquintin@mquintin.com

1234567890ML09876543

Imprimé au Canada

À Thomas et Pierre

Chapitre 1

Terreur en mer

Mon cœur cesse de battre! Une forme menaçante vient de surgir de dessous notre kayak en effleurant la coque. Un tourbillon de vagues nous fait tanguer. Je suis envahi par un affreux vertige. C'est ma première randonnée sur le fleuve… Est-ce que ce sera la dernière? Je ne peux m'empêcher de hurler:

– Là!

Un immense dos blanc est sorti de l'eau dans un jaillissement d'écume. J'ai le temps d'entrevoir une nuque rayée de cicatrices, une grosse tête ronde et un œil rouge rivé sur moi.

– Que se passe-t-il? demande maman en ramenant calmement sa pagaie à l'intérieur de l'embarcation. Tu n'as jamais vu de béluga?

Ça, un béluga? Plutôt un monstre marin dévoreur de petits garçons de neuf ans. Surtout ceux aux cheveux roux et frisés et au visage décoré de taches de son.

– Hé, Billy-la-trouille, tu te croyais attaqué par un grand requin blanc, hein? s'esclaffe ma sœur Clara, qui occupe un deuxième kayak avec sa meilleure amie, Darie.

– Tu sais bien qu'il n'y en a pas. Par ici, on trouve seulement des petits peureux à poil roux, enchaîne Darie, une blonde costaude à l'éternelle casquette de travers.

Elle et ma grande bringue de sœur forment une paire du tonnerre. Elles se surnomment les Téméraires. Rien ne semble effrayer ces intrépides de douze ans, même pas les garçons de leur âge. Alors que moi, tout me fait peur.

– AHHH!

Une fontaine fuse près du kayak des filles. Elles font des ah! et des oh! émerveillés lorsque le long dos pâle – sûrement aussi long que nos embarcations – fend à nouveau la surface.

– Prends une photo, Billy. Vite!

D'une main tremblante, je saisis l'appareil photo suspendu à mon cou. En pressant le déclencheur, je crie:

– Il va vous torpiller!

– Super! lancent les Téméraires à l'unisson.

– Calme-toi, Billy! Les bélugas ne sont pas dangereux, explique maman. Celui-ci a dû confondre les coques blanches de nos kayaks avec ses congénères.

Pas dangereux, mon œil! J'espère que, sur la photo, on verra bien son œil à lui, injecté de sang, et aussi la longue cicatrice qui lui barre le front et se prolonge jusqu'à la mâchoire. Brrr! Un vrai Moby Dick en miniature. Il ne manque que le capitaine Achab à la poursuite de la Baleine Blanche.

– Par contre, ajoute maman, je suis un peu étonnée d'en rencontrer un si près des côtes.

Ah, il me semblait bien qu'il y avait quelque chose d'anormal!

Anxieusement, je guette une autre apparition du grand dos blanc luisant devant nous, mais c'est un fracas en arrière qui me fait sursauter. C'est suivi d'un grognement furieux:

– Cessez donc de déranger les marsouins!

En me retournant, je ne peux retenir
un cri.

Debout dans une vieille barque au bois
noirci, un être vacille, le poing brandi et le
visage déformé par la rage. Ses rares
cheveux blancs pendouillent sur un ciré
plein de trous et déchiré aux manches.

– Allez-vous-en! Vous le faites fuir! Il
est à moi!

À grands coups de rame hargneux,
l'étrange personnage propulse sa barque
entre nos kayaks qui se mettent aussitôt à
osciller dangereusement.

– Mais… commence maman.

– Vous n'avez rien à faire ici, compris!
l'interrompt le vieil homme en nous
dépassant bruyamment. Allez, ouste!

Malgré ma frayeur, j'ai cru apercevoir
au fond de la barque des crochets et un
harpon.

Le voilà, notre capitaine Achab.

Tout en pagayant vers la rive, maman
s'exclame: «Quel individu pittoresque!»
comme si elle voulait me rassurer.

Elle a promis de ne pas s'énerver, de
toujours rester calme, de façon à profiter

pleinement de ses vacances. Mais moi, je n'ai rien promis de semblable. Et tout m'énerve : le béluga balafré, le vieux pirate grognon dans sa chaloupe sale et ce nouveau bouillonnement, là, dans l'eau sombre.

«Ouah!»

Voilà que même Noisette, notre cocker, me fait peur. Probablement lassé de nous attendre sur la berge, il nous a rejoints à la nage. Maman n'avait pas voulu l'emmener par crainte qu'il se jette à l'eau. Il aime tellement barboter, le pauvre! Et maintenant, il tente de grimper à bord.

– Sois sage, Noisette, tu vas nous faire chavirer, gronde doucement maman.

– Ce serait *cool!* jubilent les filles.

Il ne manquerait plus que ça!

Dès que le nez de notre kayak touche le sable, un grand garçon aux cheveux très noirs, les yeux cachés par des lunettes de soleil, nous aide à tirer notre embarcation sur la grève.

– Ne vous occupez pas du père Beaulieu. C'est un vieux grognon. Ma mère l'a toujours connu ainsi, et ma grand-mère aussi.

– Il nous a causé une de ces frousses! Euh… m'a causé, dis-je, pour rectifier. C'est un chasseur de bélugas, hein?

– Ça m'étonnerait! s'esclaffe le garçon, la chasse aux bélugas est interdite depuis longtemps. Le père Beaulieu est bien placé pour le savoir, c'est son père qui a capturé le dernier, il y a bien quarante ans.

– Mais je suis certain d'avoir aperçu des harpons… et il suivait…

Le deuxième kayak glisse en douceur jusqu'aux pieds du garçon.

– Ne t'occupe pas de Billy. Il est un peu… impressionnable, dit ma sœur.

– Billy-la-trouille! Billy-la-trouille! chantonne en sourdine l'autre moitié des Téméraires.

– Mon nom, c'est Billy Latreille, pas Latrouille! Et toi, tu te ronges les ongles!

– Billy! Les filles! proteste ma mère.

Le grand garçon me tend la main.

– Salut! Je suis Max. C'est ma mère qui vous loue le chalet. Elle m'envoie vérifier si tout se passe bien.

S'il veut une réponse franche, moi, je trouve que ça commence plutôt mal. Je suis probablement le seul de cet avis. À voir Clara tortiller ses tresses et Darie retourner sa casquette, on devine qu'elles ne détesteraient pas que le club des Téméraires compte un troisième membre pour la durée des vacances… et ce ne sera sûrement pas moi.

– Tu es venu du village en vélo? interroge ma mère.

– Oui, il n'y a que sept kilomètres et demi. Quinze, si on calcule le retour. Je fais ce trajet tous les jours.

Ma grande sœur et son amie semblent tour à tour impressionnées, puis déçues.

– Tu vois, maman, on aurait dû emporter nos vélos!

Fidèle à sa promesse de rester calme, ma mère se contente de sourire au reproche de Clara. Puis elle s'adresse au garçon.

– Tu dînes avec nous?

Max remonte ses lunettes de soleil sur sa tête. Il a de grands yeux rieurs.

– Je vous remercie, mais je ne peux pas. J'ai un match de tennis qui commence dans dix minutes.

– Oh, maman!

– Quoi encore, Clara?

– Je t'avais demandé d'emporter ma raquette de tennis.

Max sourit. Ma mère serre les dents. Ma grande sœur a un certain don pour l'énerver.

— Je reviendrai faire un tour plus tard, promet Max en enfourchant son vélo.

— Heureuse de t'avoir rencontré, dit maman.

Non mais, attention! Ça ne se passera pas comme ça. Je retiens le grand garçon aux lunettes noires avant qu'il ait pu donner un coup de pédale.

— Attends! Tu ne nous as pas dit ce qu'il faisait là, le pirate enragé.

— Le vieux f… euh, le père Beaulieu? C'est un ancien pêcheur et chasseur qui ne pêche et ne chasse plus beaucoup. Il est très étrange, mais inoffensif. Il vit en ermite tout près d'ici.

— Un ermite, près d'ici?

— En fait, c'est votre voisin, avoue-t-il. Sa cabane est de l'autre côté du cap du Diable, au bout, là-bas.

Max indique une pointe de terre qui s'avance dans le fleuve. Elle est entièrement couverte d'une forêt sombre aux arbres tordus. Et cette forêt s'étend jusqu'à notre terrain.

— Le cap du Diable? *Cool!* s'exclament les Téméraires.

– Notre voisin? questionne maman.

Moi, si je ne dis rien, c'est parce que je nage en plein désarroi. Il faut me comprendre. D'abord, une inquiétante créature marine tente de nous faire chavirer; ensuite, un pirate enragé, qui se révèle être notre voisin, nous tombe dessus à bras raccourcis et, pour couronner le tout, j'apprends que notre chalet se trouve juste à côté d'un endroit sinistre appelé le cap du Diable.

– Je comprends maintenant pourquoi le chalet était toujours à louer si tard dans la saison, observe maman, songeuse.

Chapitre 2
La légende du cap du Diable

Ma mère adore le Bas-Saint-Laurent. Lorsqu'elle était enfant, elle venait souvent se promener au bord du fleuve. Ici, c'est presque la mer, avec eau salée et espèces marines – bélugas inclus.

C'est en consultant les petites annonces qu'elle a déniché cette résidence d'été à Rivière-Ouelle. Elle s'est dit qu'il serait peut-être temps de faire partager ses souvenirs à ses enfants. Bref, elle a sauté sur l'occasion, et nous voilà. Nous sommes arrivés ce matin, après trois heures de route.

Le chalet est situé tout au bout de la huitième grève. Il est petit, mais confortable, avec une belle galerie à l'avant d'où l'on a une vue imprenable sur les montagnes de Charlevoix, de l'autre côté du fleuve.

À l'intérieur, rien ne manque. C'est «tout équipé», comme le disait l'annonce: poêle, frigidaire, foyer. On a même… des souris.

Eh oui! Un petit mulot nous est passé entre les jambes pendant qu'on dînait. Noisette a fait tomber trois assiettes en le pourchassant sous la table.

Clara et Darie se sont follement amusées en tentant de capturer le mulot qui a fini par se réfugier derrière le sofa.

Moi, pendant ce temps, j'étais monté sur une chaise.

Fidèle à ma réputation, quoi!

****

Pour ménager ses nerfs, maman est allée prendre l'air sur la galerie où elle s'applique à contempler la vue superbe. Elle doit commencer à en avoir assez des surprises, elle aussi.

Après avoir essuyé la vaisselle – juché sur un banc! –, je la rejoins en sautillant.

– Tu t'amuses, mon chou? me demande-t-elle.

Je lui dirais bien la vérité, mais je crois que ça l'énerverait pour de bon.

– Ça va…

– J'en suis contente.

– Qu'est-ce que tu fais avec ces jumelles?

Maman les passe à mon cou.

– Observe attentivement les taches blanches au large. Neuf fois sur dix ce sont les moutons d'écume créés par les vagues. Mais, parfois, ce sont les dos des bélugas qui sortent de l'eau.

– Ah oui? Tu en as vu?

– Pas encore. Il faut être très patient et… chanceux. Quand j'étais enfant, on s'amusait à faire ça. Il y avait des bancs de bélugas qui venaient se promener par ici. À l'époque, on les appelait « marsouins blancs » et les gens du village les pêchaient pour leur huile et leur cuir. C'est à cet endroit qu'il s'en prenait le plus.

– Ici?

Maman me reprend les jumelles et scrute l'horizon.

– Pas très loin d'ici… Sauf qu'il y a beaucoup moins de bélugas maintenant. La pêche intensive et la pollution ont décimé le troupeau. Par contre, si on recommence à en croiser près des côtes, c'est peut-être que le troupeau se porte mieux. Ah! Je crois avoir retrouvé notre vieil ami.

– Le vieux pirate?

– Non. Je parle de « notre » béluga. Regarde, droit devant.

J'ajuste les jumelles, mais je ne vois que du bleu marine. Non! Là, une courbe blanche apparaît et disparaît.

– Je le vois!

– C'est sans doute le même. Il doit se nourrir par là.

– Pauvre béluga!

La casquette de travers, Darie pousse la porte moustiquaire en s'écriant:

– Pauvre? Notre Billy-la-trouille, qui trouvait le béluga si effrayant tantôt, le prendrait maintenant en pitié?

Comme je déteste ce surnom!

– Je n'ai pas eu si peur.

– Tu as failli en tomber à l'eau! renchérit Clara qui arrive sur les talons de son amie.

Elle s'est enfoncé un chapeau de paille sur la tête et, comme sa copine, elle a accroché une gourde à sa ceinture.

– Moi aussi, j'ai sursauté, vous savez, les filles, intervient maman. Avouez que c'était un spectacle impressionnant.

J'en profite pour ajouter :

– Il semblait si menaçant avec toutes ces balafres!

– Bof, tout au plus d'anciennes blessures causées par des rochers ou une hélice de bateau, suppose ma sœur.

– Une hélice de bateau? dis-je, horrifié.

– Tu viens, Darie? Il ne nous manque plus que des bâtons de marcheurs.

– Des bâtons de marcheuses, Clara! J'arrive! On en trouvera bien dans les bois.

– Vous partez en excursion? demande maman.

– On va aller faire un petit tour là-bas.

Du doigt, Clara désigne la pointe sur notre droite.

Elles ne vont pas faire ça!

– Mais c'est, c'est… Vous allez au cap du Diable?

– Pourquoi pas? À Québec, il y a bien un cap Diamant et on n'y a jamais trouvé de trésor.

Je suis pris de panique.

– Attendez! Ce nom a sûrement pour origine un événement terrible. On ne désigne pas un lieu ainsi sans raison.

– Ce n'est qu'une légende. Je l'ai lu dans les dépliants qu'on a ramassés au bureau de tourisme, répond Darie. Tiens, j'en ai encore un dans ma poche. Lis toi-même, Billy-la-trouille.

« *Selon une légende pittoresque du bas du fleuve, un villageois qui se rendait chasser sur la berge, au petit matin, aperçut douze diables qui dansaient autour d'un feu de grève en attisant les flammes avec leurs fourches.*

Terrorisé, le chasseur épaula son arme et tira dans leur direction, ce qui fit aussitôt disparaître les diables.

Sur la grève, près du feu, le chasseur trouva une tuque de laine rouge qu'il ramassa et se cala sur la tête.

Le lendemain, à la messe, un des paroissiens s'approcha de notre chasseur en boitant. Imaginez la stupeur du chasseur lorsque le paroissien lui demanda de lui rendre son bonnet. Il s'agissait, en effet, d'un des diables qu'il avait aperçus la veille.

Le chasseur en éprouva une si grande frayeur que ses cheveux en devinrent tout blancs… »

Assez! je refuse de lire une ligne de plus.

J'ignore ce que vous en pensez, mais moi, cette légende me donne froid dans le dos. Je déteste ces histoires de cheveux qui blanchissent sous l'effet de la peur. Je m'étonne d'ailleurs que les miens ne soient pas encore devenus blancs. Comment est-ce que je vais arriver à dormir maintenant?

– C'est une légende intéressante, remarque ma mère, qui lisait par-dessus mon épaule. Mais ce n'est que ça, une histoire imaginaire, ajoute-t-elle en passant son bras autour de mon cou. Pourquoi ne les accompagnerais-tu pas, Billy?

– Maman! avons-nous crié en même temps, Clara et moi.

Il n'est pas question que je les suive. Et le visage long comme une allée de quilles de ma sœur montre clairement qu'elle ne veut surtout pas de moi ni de mes peurs d'enfant de neuf ans.

– Emmenez Noisette, au moins. Il est sur le point de déchirer la moustiquaire, tellement il a envie de vous accompagner.

– Ah non! il va courir partout dans les bois et, comme je le connais, il risque de se perdre. Et si on le tient en laisse, celle-ci va s'enrouler autour des arbres.

– D'accord, les filles. De retour dans une heure?

– Sois sympa, maman. Une bonne excursion prend au moins deux ou trois heures. Et puis, c'est un nouveau territoire à découvrir. Une forêt vierge pour nous.

– Max n'a pas dit qu'il reviendrait faire un tour cet après-midi? rappelle ma mère, mine de rien.

Les deux amies s'interrogent du regard.

– Une heure et demie, alors? propose Clara.

Maman sourit, apparemment satisfaite.

Je ne la comprends pas. Comment peut-elle les laisser partir seules explorer le cap du Diable? Et puis, il y a le père Beaulieu qui habite de l'autre côté.

J'y pense. C'est un chasseur... Et comme dans la légende, ses cheveux sont tout blancs. Et si le père Beaulieu et le chasseur de la légende n'étaient qu'une seule et même personne? Aïe!

– Voyons, Billy! Tu sembles bien agité, s'inquiète maman en me serrant dans ses bras. Nous sommes ici pour nous détendre, ne l'oublie pas. Cesse de t'en faire pour des riens.

– Oui, maman. Je… je vais essayer.

– Au fait, as-tu pris des photos du chalet, depuis notre arrivée?

Zut! mon appareil photo est resté sur la table de la cuisine. Je retourne à l'intérieur et, pour le récupérer, je saute du sofa au divan, je grimpe sur une chaise puis sur une autre… Ouf! je ne voulais pas poser le pied par terre avec ce mulot baladeur.

C'est seulement après avoir pris mes photos que je m'aperçois du bel effet que font les couleurs: le chalet est bleu marine, l'intérieur est gris souris et moi, je suis vert de peur.

Chapitre 3

Au royaume des sangsues

Pour me calmer, maman propose une activité originale et surtout «relaxante», selon son expression.

   – Allons cueillir…

   – Des bleuets?

   – Non!

   – Des framboises?… Des fraises?

   – Non plus!

   – Quoi alors?

   – Des SANGSUES!

   – Ouache!

****

Ma mère a les pieds enfoncés dans la vase jusqu'aux chevilles. La marée a commencé à baisser et des centaines de pierres et de rochers apparaissent maintenant là où on circulait en kayak auparavant. Noisette s'amuse à faire décoller les goélands. Le poil sous son ventre est tout mouillé à force de patauger dans les flaques d'eau.

– Celle-ci devrait faire l'affaire, déclare maman en soulevant des deux mains une grosse roche.

En se dégageant, celle-ci émet un bruit de succion dégueulasse.

– Voilà! Avoue qu'elle est belle!

Ma mère tient entre ses doigts une espèce de ver de terre avec deux franges de petites soies rouges sur les côtés.

– Tu es sûre que ça ne suce pas le sang?

– Mais non, ce sont des sangsues de mer. Elles se nourrissent de varech et de petits crustacés, explique maman en plaçant la sangsue dans une boîte de conserve vide. Ici, les gens s'en servent comme appâts pour la pêche. C'est pour ça qu'on les appelle aussi des vers marins. Tu veux m'aider à en trouver?

Je regarde la sangsue se tortiller au fond du récipient. Elle me semble bien inoffensive.

– Je peux la prendre en photo?

– Tu peux même la toucher, mais attention à ses pinces.

Du coup, je laisse tomber la boîte et grimpe sur une grosse pierre.

– Billy…

– C'est plein de sangsues dans la vase, elles pourraient nous mordre!

– Il ne faut pas exagérer. Elles ne mordent que lorsqu'elles se sentent menacées. Regarde, celle que je tiens ne me fait aucun mal.

Noisette semble en avoir assez de courir après les goélands. Maintenant, il se contente de japper avec beaucoup d'ardeur.

– Va voir ce que Noisette a attrapé, et laisse-moi ramasser ces « dangereuses » sangsues.

Même maman se moque de moi!

Est-ce ma faute si je ne suis pas très courageux? Comparé à ma sœur, c'est certain que j'ai l'air d'un poltron. Mais c'est parce que j'ai beaucoup d'imagination, répète toujours maman. Et parce que j'ai neuf ans.

À cet âge-là, d'après ma mère, on a peur de tout et de rien. Et ce qui me rassure un peu, c'est que Clara était exactement comme moi au même âge, paraît-il. Hum! Difficile à croire. Pourtant si maman le dit, c'est qu'il y a de l'espoir.

Absorbé dans mes pensées, je ne me suis pas rendu compte que je m'approchais dangereusement du cap du Diable. Il est grand temps de faire demi-tour.

– Noisette! Ici, mon chien!

Mais Noisette est déchaîné. Il aboie éperdument et il gronde. Quelque chose derrière ce gros rocher l'a mis en colère… ou lui fait peur.

– Noisette! Je t'en supplie, ne me force pas à faire un pas de plus.

Qu'est-ce qui peut bien l'exciter à ce point? Un goéland? Un mulot? Une sangsue? Non, c'est un homme, et il avance vers moi en brandissant une fourche!

– Maman!

C'est le père Beaulieu!

– Vous cherchez des sangsues? Eh bien, je vais vous en donner, moi, des sangsues!

L'ermite enfonce sa fourche dans la vase en s'aidant de son pied chaussé d'une botte fendillée. Les dents de la

fourche soulèvent une boue gluante presque noire. Le vieil homme s'agenouille et, de ses longs doigts squelettiques, fouille dans cette mélasse.

– Tiens! En voilà une. Et une autre. Sont-elles assez grosses pour vous? demande-t-il d'une voix hargneuse.

Je dois avouer qu'elles sont énormes. Je dois aussi admettre que je ne comprends rien.

– Qu'est-ce qui se passe? questionne ma mère qui est arrivée sans que je l'entende à cause des jappements de Noisette.

– Je vous avais dit de ne pas venir ici! Voilà vos sangsues. Maintenant, décampez! crache le vieux pirate.

– Monsieur Beaulieu…

– J'ai dit: allez-vous-en!

Maman prend les sangsues dodues dans la main tendue et les place avec les nôtres dans la boîte de conserve.

– Viens Billy, nous n'avons plus rien à faire ici.

– Bon débarras! grogne l'ermite en nous regardant partir.

– Ne t'en fais pas, Billy. Le fleuve est à tout le monde, les berges aussi, affirme ma mère sans se retourner.

– Tu as vu, maman? Il avait une fourche.

– J'ai vu! Il paraît que c'est l'instrument idéal pour cueillir des sangsues dans la vase, répond ma mère en faisant de gros efforts pour rester calme, mais sa voix trahit son irritation.

Moi, je pense que c'est surtout un instrument idéal pour le diable. Et je remarque tout haut:

– Dans la légende, les démons étaient armés de fourches, eux aussi.

– Cesse de débiter des sornettes, Billy. Le diable a certainement meilleur caractère que ce vieux grincheux!

Chapitre 4

Les Téméraires
n'ont pas sommeil

Quand nous revenons au chalet, ma sœur et son amie sont sur la galerie où elles s'affairent. Clara bourre son sac à dos de divers articles de camping tandis que Darie roule un sac de couchage.

– Maman, on a trouvé un endroit parfait pour coucher à la belle étoile.

– Hum! je ne sais pas, les filles…

Ma mère a l'air d'en avoir assez. Elle aurait bien besoin de s'asseoir et de se détendre un peu, c'est évident.

– Un endroit de rêve, madame Latreille, poursuit Darie, la casquette de travers. C'est comme un nid de mousse au-dessus d'une falaise et il y a un massif d'épinettes pour nous protéger du vent. La vue est à couper le souffle. En plus, on aura le bruit des vagues pour s'endormir.

– Ce n'est qu'à vingt minutes d'ici, au bout de la pointe. Dis oui, maman! supplie Clara.

Elles sont complètement insensées! Passer la nuit au cap du Diable avec l'ermite fou qui rôde! La réponse de ma mère me surprend.

– Je comptais plutôt aller pêcher avec Billy.

Moi, à la pêche? Avec des sangsues en plus. Beurk!

– Même si tu vas à la pêche, on peut quand même dormir à la belle étoile! insiste ma grande sœur.

– Clara! Darie! soyez raisonnables. On vient à peine d'arriver au chalet!

– Maman…

– Madame Latreille…

– Un autre soir, peut-être? soupire ma mère qui dissimule mal son impatience.

– Mais ce soir, il fera beau. Le ciel sera rempli d'étoiles. Qui nous dit qu'on retrouvera ces conditions idéales avant la fin des vacances?

Qui nous dit qu'on ne les retrouvera pas découpées en rondelles demain matin, ou pire, transformées en diablesses?

Clara laisse tomber son barda et s'approche de ma mère avec le sourire charmeur qu'elle n'utilise qu'en cas d'extrême nécessité. Il faut vraiment qu'elle y tienne, à son expédition à la belle étoile.

– Maman chérie, tu nous donnes toujours la permission d'habitude. Qu'est-ce qui se passe? questionne ma sœur d'une voix cajoleuse en la prenant par la taille.

– C'est que…

Ma mère hésite, fixe le large, puis regarde Darie et, finalement, Clara.

– Et puis non! on ne laissera quand même pas ce vieux grigou nous gâcher nos vacances. C'est d'accord, mais vous emmenez Billy, cette fois.

– Quoi?!

Tous les trois, nous sommes déjà prêts à grimper dans les rideaux, mais maman nous interrompt d'un geste.

– C'est ma condition. Billy n'a pas assez confiance en lui-même. Il a besoin de vivre des expériences qui développeront son courage. N'est-ce pas, Billy? Et je compte sur vous pour l'aider, conclut-elle d'une ton ferme.

Clara n'ose pas répliquer. Elle me lance un regard franchement mauvais. Moi, je dévisage ma mère comme si je ne l'avais jamais vue. A-t-elle perdu la raison?

– OK, capitule Clara. Mais qu'il ne vienne pas nous harceler avec ses histoires à dormir debout.

– Vous n'avez qu'à ne pas lui faire peur, ordonne maman.

Moi, rien que d'entendre le mot peur, ça m'effraie encore plus.

– Je ne veux pas y aller! Il y a le vieux malade avec sa fourche et ses harpons. Il y a la légende et sans doute plein de dangers que l'on ne connaît pas… et il va faire noir.

– Tut! tut! le père Beaulieu ne te mangera pas. Tu auras ta lampe de poche et ces deux braves exploratrices avec toi. J'irai vous rejoindre avec Noisette après ma pêche. Tout le monde va s'amuser et se relaxer. Et toi, mon Billy, tu seras un nouveau garçon quand tu te réveilleras demain matin, tu verras.

– Si je suis toujours en vie.

– Billy! Cesse de dire des âneries!!!

Ça y est, maman est fâchée!

Mais est-ce ma faute si je suis comme je suis? Comment peut-elle imaginer que je survive à une nuit en pleine forêt? J'ai l'impression que mille dangers planent sur cette expédition!

Et voilà que Noisette se met à gronder. Clara le fait taire immédiatement.

Max arrive sur son vélo aussi noir que ses cheveux et ses lunettes de soleil.

– Vous repartez déjà? s'enquiert-il en voyant tout l'attirail sur la galerie.

– Non, on s'en va camper à la belle étoile, répond Clara.

Max paraît surpris.

– Où ça?

– Sur la falaise, au bout du cap du Diable.

Le grand garçon considère les filles avec un respect accru.

– J'y vais souvent. Un site extra-ordinaire. Je peux vous accompagner, si vous voulez.

Clara trépigne.

– Tu vois, maman? Alors, tu es d'accord?

– Pas de problème! répond calmement ma mère.

Elle contemple Max avec un sourire en coin.

– Ça rassurera Billy de te savoir membre de l'expédition, et puis, tu connais le coin.

– Je retourne chez moi chercher mes affaires, lance Max, tout content.

– Pas si vite!

Le garçon s'immobilise, intrigué.

– Nous aimerions te montrer quelque chose, continue maman en entrouvrant la porte moustiquaire… Une particularité du chalet qui n'était pas signalée dans la petite annonce!

À peine avons-nous franchi le seuil que Noisette se précipite sur le mulot qui grignotait des miettes sous la table.

– Je vois, dit Max.

– Hum, hum! répondent les autres en chœur.

Et moi, réfugié sur le divan, je répète en écho: «Hum!»

«Ouah! ouah!» aboie Noisette en pourchassant le mulot d'une pièce à l'autre.

– Je croyais pourtant avoir bouché toutes les ouvertures avec de la laine minérale. J'ai dû en oublier une, constate Max tout en s'agenouillant.

Le mulot, qui fonçait droit vers lui, bifurque brusquement vers la chambre du milieu, Noisette à ses trousses.

– Là! sous le lit, il s'est faufilé par un trou, s'exclame Darie.

Noisette se cogne le museau contre une patte du lit.

Clara pouffe de rire.

– Devinez quoi? C'est la chambre de Billy.

Devinez quoi? J'en ai assez!

****

À l'heure du départ, on s'est réunis sur la plage, devant le chalet, pour attendre Max qui est parti chercher ses affaires.

– C'est complètement au bout de la pointe…

Clara, équipée de grosses chaussures de marche et d'un coupe-vent de couleur camouflage, indique à maman comment venir nous retrouver. Puis, c'est au tour de ma mère de donner ses dernières instructions.

– Et surtout, prenez bien soin de Billy.

– Ouais, ouais.

Clara et Darie doivent s'aider mutuellement pour se mettre leurs sacs sur le dos, tellement ils sont chargés. Moi, je transporte mon sac de couchage, mon appareil photo, le sac de guimauves et mon désespoir. C'est déjà assez lourd comme ça.

– Ne fais pas cette tête d'enterrement, gronde Clara.

J'ai envie de lui répondre que je fais une tête de circonstance, parce que je suis convaincu de vivre ma dernière journée.

Ma mère, la canne à pêche sur l'épaule et une boîte de conserve remplie de – beurk! – sangsues de mer à la main, s'éloigne en lançant:

– Je vous ramènerai du poisson frais pour la collation.

Puis elle appelle Noisette: « Viens! les éperlans nous attendent. »

L'animal la suit en effectuant de petits bonds joyeux.

Je ne peux m'empêcher de me lamenter tout bas: « Adieu, mon chien! Te reverrai-je, petit cocker? »

– Bon, on a assez attendu, tant pis pour Max, déclare Darie après avoir regardé sa montre pour la dixième fois au cours de la dernière minute.

– Tu as raison, répond Clara en scrutant le ciel, ne perdons pas les dernières heures de lumière. En route, les Téméraires!

Darie me lance un regard dédaigneux.

– Toi aussi, Latrouille!

Mes épaules s'affaissent. Ma tête s'incline jusqu'à ce que j'aie le menton appuyé contre la poitrine. J'ai l'allure d'un condamné à mort. Mes pieds semblent peser une tonne quand je me mets en route.

Au moins, je ne risque pas d'attraper un torticolis, moi. Un mal qui guette Clara et Darie à brève échéance si elles continuent de se retourner à chaque pas. On dirait que les Téméraires aimeraient bien que le grand Max soit là pour apprécier leur courage.

La première partie du trajet ne se passe pas trop mal. Nous avançons à travers les longues herbes et, à part quelques écarts pour éviter des abeilles trop curieuses, j'arrive à les suivre.

C'est dans la forêt que ça se complique. D'abord, il y fait beaucoup plus sombre. Et puis, il n'y a plus vraiment de sentier. Il faut enjamber des branches mortes et des troncs d'arbres. Et ça monte, ça monte!

Je suis rapidement essoufflé.

– Ne t'arrête pas!

– Je suis fatigué.

– Tu vas te faire dévorer par les moustiques, si tu ralentis.

Ma sœur a raison. Une escadrille d'insectes suceurs de sang m'a repéré. Plusieurs tournoient déjà autour de ma tête… et il y en a un gros qui s'apprête à atterrir sur mon nez rousselé.

– Attendez-moi!

Je me dépêche de rattraper les filles. La forêt paraît tout à coup plus obscure et les arbres semblent plus crochus.

J'aperçois une petite forme grise qui se sauve à travers les branches d'un grand sapin tordu. Qu'est-ce que c'était? Un écureuil, un oiseau, ou une chauve-souris? Pourquoi faut-il qu'il y ait des animaux dans les forêts?

– Est-ce qu'il y a des loups par ici?

– Pas de ce côté-ci du fleuve, me répond Clara avec assurance.

– Des ours?

– Je ne crois pas. On nous aurait averti, intervient Darie.

– Tu n'en es pas certaine?

– On ne devrait pas en rencontrer.

Ce n'est pas très rassurant comme explication. L'angoisse m'envahit peu à peu. Je regarde autour de nous. On ne distingue pas grand-chose à travers le feuillage des arbres. Comment Clara et Darie réussissent-elles à s'orienter? Et si elles ne retrouvaient pas leur chemin? Et si nous étions en train de nous perdre? Et si…

Clara s'est arrêtée. Un piquet, surmonté d'un panneau attaché avec de la broche, est planté en travers du sentier. Sur l'écriteau, les mots DÉFENSE DE PASSER sont tracés en rouge. Ils dégoulinent comme si on les avait écrits avec un doigt taché de sang!

– Ce n'était pas là ce matin, note Darie.

– Qu'est-ce qu'on fait? interroge Clara.

Je n'aime pas ça du tout. J'ai peur qu'il s'agisse d'un autre coup du père Beaulieu.

Hé! c'est quoi ça? J'ai nettement vu passer une ombre devant nous.

– Clara! Darie!

Un craquement sec, tout près, nous fait bondir.

– Qu'est-ce que c'est? chuchote Clara.

– Je l'ignore, mais c'est gros, dis-je en bredouillant.

Brusquement, des branches s'écartent avec fracas devant nous. J'entends un cri affreux. C'est le mien!

– C'EST MA-AX!

– Salut tout le monde! Je me suis dit que je vous rattraperais ici.

Les filles éclatent de rire. Moi, je ne trouve pas ça drôle. En plus, j'ai serré tellement fort le sac de guimauves que celles-ci sont tout aplaties, maintenant.

Darie désigne l'écriteau.

– C'est toi qui as fait ça?

Max hoche la tête de droite à gauche.

Affolé, je demande:

– Qui alors?

– Je ne sais pas. Je n'ai jamais vu de panneau par ici. Mais ce n'est pas grave, assure Max. Venez, je connais un passage plus large. On sera rendus en moins de cinq minutes.

– Nous, on aime bien notre sentier. Après tout, nous l'avons dégagé nous-mêmes, se vante ma sœur.

Dégagé, mon œil! C'est plein de branches qui nous bloquent le passage et nous égratignent. Et il y a cet écriteau lugubre.

– Mais si ça te fait plaisir, on peut suivre le tien, propose Darie.

– On peut, renchérit Clara avec empressement.

Max jette mon sac de couchage sur son épaule.

– Viens Billy, puisque nous avons la permission du comité organisateur, en route pour le cap du Diable!

J'ai envie d'ajouter : « En avant vers l'horreur! »

Chapitre 5

Douze petits diables

Pour une fois, je suis pleinement d'accord avec les Téméraires. Le site est exceptionnel. À quelques mètres du sommet de la falaise, la forêt forme un U. Au centre de cette ouverture trône une minuscule clairière tapissée de lichens et de mousse. Un véritable matelas, juste assez grand pour nous accommoder. Devant, la vue s'étend à n'en plus finir.

Je m'approche à quatre pattes au bord de l'escarpement. Les vagues viennent se briser au pied de la paroi rocheuse avec un léger clapotis. C'est ça, le cap du Diable? On dirait un paysage de carte postale. En plus, le vent du large nous libère des moustiques.

Sur notre droite s'étire une longue plage entièrement protégée des regards. Elle est déserte, à l'exception d'un truc noir, beaucoup plus loin, dont je distingue mal la forme.

– Max, c'est quoi cette chose, là, sur la berge?

Il soulève ses lunettes de soleil et plisse les yeux.

– Probablement la barque du père Beaulieu. Il habite au bout, là-bas.

C'est tout l'effet que ça lui fait? Moi, je revois la vieille barque au bois noirci et je me rappelle le vieil homme vociférant, le visage déformé par la rage.

Je me jette à terre.

On doit être visibles à des kilomètres sur ce promontoire. Le père Beaulieu nous a sans doute déjà repérés. Il ne faudrait pas qu'il nous refasse le coup d'une apparition dramatique. Je ne crois pas que je le supporterais.

– Qu'est-ce que tu fais par terre? questionne Max. Viens plutôt m'aider! Nous allons fabriquer un toit avec des grosses branches.

– Pourquoi? proteste ma grande bringue de sœur. Je veux dormir sous les étoiles, pas sous un abri bricolé.

– Le but de l'exercice, c'est de voir les étoiles, renchérit Darie.

– Vous avez raison, reconnaît Max en reposant ses lunettes sur son nez. Mais nous allons quand même préparer un toit qu'on installera seulement s'il pleut.

– Avec ce ciel superbe, ça m'étonnerait qu'il pleuve, déclare Clara.

– Le temps change vite au bord de la mer, réplique le grand garçon.

Tout en scrutant les alentours avec inquiétude, je le reprends :

– Le fleuve, pas la mer.

– C'est juste, admet Max. Mais ici, c'est presque grand comme la mer et l'eau est salée, alors on dit toujours la mer.

Les deux filles échangent un regard de connivence.

– Alors, nous aussi, on dira la mer, décident-elles.

– Moi, ça m'est égal qu'il pleuve, mon sac de couchage est imperméable !

De toute façon, ce n'est vraiment pas ça qui m'inquiète, pourrais-je ajouter.

On se met prestement au travail.

Le temps de trouver nos branches, de les couper à la bonne dimension et de les assembler, le jour commence déjà à tomber. En regardant notre abri, j'ai l'impression que cela a plutôt l'air d'un radeau. Lorsque nos sacs de couchage sont installés et que nos oreillers de mousse sont fabriqués, le soleil disparaît doucement derrière les montagnes, sur l'autre rive du fleuve, euh… de la mer.

– C'est un spectacle magnifique, n'est-ce pas! commente Max.

– Super! approuvent les Téméraires.

Les montagnes ont pris une couleur mauve. Vite, je sors mon appareil photo.

– Tu nous photographies? demande Max en se plaçant entre Clara et Darie.

À cause de sa grande tête qui dépasse, je ne vois même plus le coucher de soleil.

– Relève ta casquette, Darie, et arrange tes tresses, Clara.

Mais je n'ai pas besoin de leur ordonner de sourire. Tous les trois ont déjà la bouche fendue jusqu'aux oreilles.

Clic!

Maintenant, je m'approche prudemment du bord pour faire une photo du coucher de soleil seul. Je prépare mon cadrage avec soin, comme me l'a enseigné mon prof de photo. Je veux m'assurer d'avoir un peu de vagues argentées dans l'image.

Des taches sombres sur l'eau attirent mon attention. Je cesse de regarder dans le viseur. Qu'est-ce que c'est que ça? Je plisse les yeux pour mieux voir. Je n'ai pas la berlue : à environ cent mètres de la falaise, plusieurs points noirs apparaissent et disparaissent. On dirait des têtes qui ballottent à la surface. Des têtes avec des cornes, peut-être?

Je recule et bute contre quelque chose de dur.

– Aïe!

C'est le pied de Max.

– Qu'est-ce qui se passe, Billy?

– Là devant! Dis-moi ce que tu vois.

Max met sa main en visière au-dessus de ses lunettes.

– Rien… Oh! si, il y a quelque chose sur l'eau.

Je lui serre le bras et je bégaie :

– C'est quoi-ah-ah?

Max s'avance tout au bord de la falaise.

– Ce sont des piquets.

– Des piquets?

– Oui, des poteaux pour tenir des filets de pêche. Mais c'est la première fois que je les vois disposés comme ça. D'ailleurs, je ne savais pas qu'on pêchait par ici.

– C'est peut-être le père Beaulieu?

– C'est possible. Mais je me demande bien ce qu'il peut pêcher avec ça.

À cause des vagues, on a l'impression que les piquets bougent, qu'ils sont vivants. Même les rochers ont l'air de se déplacer.

– Il y a douze piquets, constate Max.

Quelle horrible coïncidence. Dans la légende du cap du Diable, n'était-il pas question de « *douze diables qui dansaient autour d'un feu de grève en attisant les flammes avec leurs fourches…* »?

J'ai les jambes qui flageolent. Je me cramponne au grand garçon pour ne pas tomber.

– Billy! cesse d'embêter Max avec tes balivernes! ordonne Clara. Que peux-tu trouver de mauvais à un endroit si merveilleux?

Max me regarde d'un air bizarre.

– Il serait temps de faire un feu, maintenant, me dit-il.

54

– Oh oui! on a plein de trucs à faire griller, s'exclame Darie.

– Il vaut mieux descendre sur la plage pour allumer du feu. Ici, c'est trop dangereux, on risquerait d'incendier la forêt, explique Max.

– NON! surtout pas. Ça va attirer le père Beaulieu. Et puis ça ressemble trop à la légende…

– On se moque du père Beaulieu! lance Clara.

– Et on se moque de la légende! enchaîne Darie.

Max retire ses lunettes de soleil et les glisse dans sa poche.

– Auparavant, vous devrez subir l'initiation du cap du Diable! nous annonce-t-il.

Glacé d'horreur par ces mots, je reste muet, tandis que ma sœur jubile :

– Une initiation? Chic!

– Que faut-il faire? s'écrie son amie.

– Seulement ça! hurle Max en sautant dans le vide.

Il est devenu fou!

Nous nous précipitons tous les trois au bord de l'escarpement. Mais Max a déjà atterri sur le sable. Quel soulagement!

– Qu'est-ce qui t'a pris! C'est très haut. Tu aurais pu te casser les jambes!

– Mais non, il n'y a pas plus de trois mètres, dit-il en se relevant. Et puis, à cet endroit, le sable s'est beaucoup accumulé. Allez-y! Sautez en pliant les genoux pour amortir votre réception au sol. Je l'ai déjà fait des dizaines de fois.

– Trois mètres? C'est la hauteur du grand tremplin à la piscine de l'école… Qu'en penses-tu, Darie? demande ma sœur.

Elle regarde son amie avec l'air de dire : « Enfin, un vrai défi pour les Téméraires! » Darie se contente de lui prendre la main.

– Nous sommes prêtes à subir notre initiation! clament-elles d'une seule voix.

Ah non! je déteste quand elles font leur numéro de superchampionnes. Je ne veux pas voir ça.

– Un, deux, trois… Yahouuuuuu!!!

Je les entends atterrir mollement, puis s'exclamer. Mais aucun cri de douleur ne me parvient. Je rouvre les yeux. Me voilà maintenant seul, abandonné tout en haut du cap du Diable.

– À ton tour, Billy!

– Vas-y! C'est une sensation formidable!

Elles sont malades! Je ne fais pas partie du club des Téméraires, moi. Mon surnom, c'est Billy-la-trouille, elles semblent l'avoir oublié.

– Un peu de courage pour une fois dans ta vie.

– Viens donc. Tu n'en mourras pas! insiste Darie.

Je refuse en hochant la tête énergiquement.

– Tu dois sauter, Billy, on a oublié les guimauves!

S'ils pensent m'avoir comme ça!

– Bon, il ne sautera pas, conclut Max. Commençons donc à ramasser du bois pour le feu.

– Lance-nous au moins les guimauves, crie Clara.

La sollicitude n'étouffe pas ma grande sœur. Je retourne en maugréant à notre campement.

Et là, je m'empêtre les pieds dans un vêtement qui traînait. Je le ramasse et… une tête de diable me saute au visage. Une tête rouge avec cornes et barbiche pointue!

Ah mais oui! Je reconnais maintenant l'emblème d'une équipe de basket-ball. Quel drôle de hasard de tomber là-dessus maintenant.

Attendez! D'où vient ce coupe-vent? Vite, je vérifie s'il y a un nom sur le revers du col. Là : Maxime Plourde… Max? Ouf!… J'allais encore imaginer le pire.

Je récupère enfin le paquet de guimauves qui se trouvait sous mon sac de couchage. Je reprends le chemin de la falaise. Une fois au bord, je balance le paquet sans regarder. Tant pis s'il leur dégringole sur la tête.

– Mais qu'est-il arrivé à ces guimauves? hurle Clara du pied de la falaise.

– Elles sont tout écrabouillées, grommelle Darie. Essaie de planter ça au bout d'une branche!

Je suis trop fatigué pour répondre quoi que ce soit. Qu'elles les mangent comme ça, leurs guimauves.

Déjà, des flammes s'élèvent sur la grève. On voit que Max a l'habitude d'allumer des feux. Clara et Darie ont entonné le traditionnel *Feu, feu, joli feu* et Max les accompagne de ses ricanements.

J'aimerais tellement mieux être auprès d'eux plutôt que tout seul. L'obscurité qui s'installe me semble tout à coup plus menaçante et la masse sombre de la forêt, plus inquiétante.

En plus, la lueur du feu fait réapparaître ces ombres sur la mer : les extrémités des douze poteaux qui, comme autant de diables cornus, ont l'air de danser sur les vagues. Je m'éloigne rapidement du bord du promontoire.

Au campement, je me glisse dans mon sac de couchage. Juste avant de sombrer dans le sommeil, je me dis : « C'est peut-être ça, l'origine de la légende. »

Chapitre 6

L'orage

Je rêve de Max. Au début, il porte son coupe-vent de basket-ball et il danse autour du feu. Puis l'image s'embrouille. Le vent s'est levé et je retrouve Max déguisé en diable. Cette fois, il batifole dans l'eau auprès d'un béluga qui lance des cris stridents. Onze autres démons l'accompagnent. Parmi eux, je reconnais Darie à sa casquette et Clara à ses tresses. Comment font-ils pour ne pas couler?

Tout à coup, une forme s'approche de la scène en hésitant. J'entrevois de longs cheveux blancs, un ciré troué: c'est le père Beaulieu. Quelque chose luit dans ses mains. Sa fourche? Un de ses harpons? Non, un fusil. Il le met en joue juste au moment où Max passe devant lui.

– NOOON!!

J'ouvre les yeux avec l'impression très nette d'avoir vraiment entendu une détonation. Un éclair illumine le ciel, suivi d'un grondement de tonnerre non loin.

Je me redresse. Une grosse goutte de pluie vient s'écraser sur mon front.

Un mouvement dans l'obscurité me fait sursauter.

– Vite, Billy, aide-moi à installer notre toit. Je crois qu'on va y goûter!

C'est le vrai Max! Et voilà Clara qui arrive tout essoufflée, suivie de Darie. Aucun des trois ne me laisse le temps de demander par quel chemin ils sont remontés. Max nous bouscule.

– Il faut se dépêcher d'attacher les extrémités du toit à ces quatre épinettes, crie-t-il. Toi, Billy, tiens ça. Ma ficelle est en train de s'envoler.

Et il s'éloigne de quelques pas pour la récupérer.

– Mais… tu boites, Max?

– J'ai mal au genou quand il fait humide. Et mon saut de tantôt n'a pas aidé.

Je le contemple avec effroi. Il boite comme ce villageois de la légende. Celui qui était en réalité un diable et qui s'était fait tirer dessus par le chasseur : « *Le lendemain, à la messe, un des paroissiens s'approcha de notre chasseur en boitant. Imaginez la stupeur du chasseur…* »

Maintenant, imaginez MA stupeur! Max est du village, c'est un paroissien. Et il vient souvent en excursion ici. Et il porte ce coupe-vent avec un démon en effigie.

Ça n'a pas de sens. Je dois être en train de perdre la raison.

Un nouveau roulement de tonnerre se fait entendre beaucoup plus près. Les gouttes de pluie sont plus serrées.

– Ça s'en vient par ici!

Nous nous blottissons les uns contre les autres sous le toit de branches. Je sais que c'est idiot, mais je n'y peux rien; je m'assois le plus loin possible de Max pour pouvoir l'observer à la dérobée.

– C'est fichu pour les étoiles, constate Clara.

– Je crois qu'on doit des remerciements à quelqu'un pour sa prévoyance, enchaîne Darie.

Cependant, l'abri de Max ne résiste pas longtemps à la pluie qui tombe dru. Au bout de cinq minutes, l'eau s'est infiltrée par tous les interstices. Elle a même formé une rigole dans mon cou.

– Mon toit de branchages prend l'eau, s'excuse Max.

– C'est le déluge, peste Clara.

– J'ai une idée, lance Darie. Lève-toi vite, Billy!

Quelle mouche l'a piquée sous sa casquette? Elle tire à elle mon sac de couchage et ouvre la fermeture éclair, puis elle le balance sur le toit.

– Eh! qu'est-ce que tu fais?

– J'améliore notre abri. Tu as bien dit que ton sac était imperméable? Alors, on n'a qu'à le maintenir sur le toit.

– Mais où vais-je dormir?

– Avec moi! dit quelqu'un qui s'approche en m'éblouissant avec sa lampe de poche.

– Maman!

On ne l'a pas entendue venir avec le vacarme de l'orage.

– Ouf! il était temps que j'arrive.

– Vous n'avez pas eu de difficulté à nous trouver dans le noir? questionne Max.

– Non, grâce à Noisette. Après tout, ses ancêtres étaient d'excellents limiers.

Bravo pour Noisette! Malgré son allure de toutou d'intérieur, notre Noisette est un vrai champion.

– Mais où est-il, justement?

– Caché sous mon anorak... Vous savez bien qu'il a une peur bleue du tonnerre! s'esclaffe maman.

La petite tête rousse du chien émerge de la veste de ma mère. Il nous regarde de ses grands yeux piteux. Pauvre Noisette!

– La pêche a été bonne, au moins? s'enquiert Darie, toujours pratique.

– Je vous ramène six éperlans que j'espérais faire griller sur le feu. Tant pis, on les mangera au petit déjeuner.

Je me pince le nez.

– Pouah! accroche-les dehors, veux-tu!

– Comme tu voudras, Billy. Tiens, prends Noisette.

Maman a juste le temps de suspendre ses poissons à une branche dépassant de notre abri que CRAAC! BOUM! Ça cogne tellement fort que le sol en tremble. Les Téméraires ne peuvent retenir un cri. Même Max sursaute.

– J'aurais dû m'y attendre. C'est le tonnerre qui résonne sur le roc, explique-t-il. Et comme on se trouve sur une falaise…

Dans mes bras, Noisette tremble comme une feuille. Et moi, je tremble autant que lui… Je caresse ses longs poils mouillés. Ce soir, nous avons un point commun, mon chien et moi: la peur.

CRAAC! fait un nouvel éclair qui illumine la mer. L'instant d'un flash, j'ai cru apercevoir un dos blanc fendre les vagues. Le béluga balafré! Il ne manquait que ce personnage pour que mon théâtre de l'horreur soit complet.

BOUM! enchaîne le tonnerre.

Survivrai-je à mes vacances?

Chapitre 7
Le vieil homme et le béluga

L'orage a duré une partie de la nuit. Je n'arrive pas à croire qu'on ait tous réussi à s'endormir, malgré ce boucan du diable, c'est bien le mot.

Clara ronronne, appuyée contre maman, elle-même étendue aux pieds de Darie, dont la tête repose sur une des espadrilles de Max. Quel beau tableau! Et ça ronfle à qui mieux mieux. Moi, je me suis réveillé dès que Noisette a cessé de trembler.

Ça vaudrait bien une photo! Ce serait sans doute la meilleure du voyage. Mon appareil est toujours à mon cou, mais j'ai peur que le flash les réveille. Et puis, il ne fait pas encore assez clair.

Soudain, je réalise que le jour est sur le point de se lever! Ça signifie que nous avons réussi à passer la nuit au cap du Diable, malgré un violent orage et la présence menaçante d'un vieux fou dans les environs, et en dépit de la légende et de mes peurs.

J'ai survécu!

Je me sens tout drôle. Différent.

Après tout, c'est mon sac de couchage qui a protégé tout le monde de la pluie. Et c'est moi qui ai réconforté Noisette, n'est-ce pas? Comme l'avait prévu maman, c'est peut-être un autre Billy qui vient de se réveiller!

Le criaillement d'une mouette effrayée me fait tressaillir. Ah non! ne me dites pas que ça recommence.

Noisette ouvre les yeux, dresse les oreilles.

Une deuxième plainte, très aiguë, déchire le silence du matin. Je n'ai jamais entendu une mouette crier comme ça. Ni un humain, d'ailleurs.

Je dépose Noisette par terre. Le cocker se dirige prudemment vers le bord de l'escarpement en reniflant l'air. Je le suis en rampant dans la mousse humide.

Tout est calme. L'air est chaud, il ne vente pas; même les vagues qui se brisent sur la plage sont toutes petites.

Pourtant, il y a quelque chose de différent sur cette berge. Qu'est-ce que c'est? La marée qui est à nouveau haute? ou bien… Je sais! L'embarcation du père Beaulieu n'est plus là.

Il doit rôder quelque part, non loin de nous.

Un autre cri retentit. Très près, cette fois.

C'est étrange, j'ai l'impression d'entendre aussi des sanglots. Qu'est-ce que ça peut bien être?

Noisette et moi, nous nous penchons pour voir ce qui se passe en contrebas.

– OH!!

Debout dans sa barque, le père Beaulieu lève le bras, prêt à harponner le béluga balafré qui est emprisonné entre les piquets. Le mammifère marin a beau se tortiller et éclabousser, il ne peut se libérer.

La tête hors de l'eau, le front plissé, c'est lui qui pousse cette plainte à fendre le cœur!

– NOOONNNN!!!

Le harpon luisant reste en suspens; mon hurlement a interrompu le geste fatal de l'ermite.

Je bondis sur mes pieds et je fonce au campement.

– Quoi? Qu'est-ce qui se passe? répètent à tour de rôle Clara, Darie, Max et maman qui se sont réveillés en sursaut.

En guise de réponse, je me mets à tirer de toutes mes forces sur le toit de notre refuge. À ma surprise, il cède assez facilement, et mon sac de couchage s'abat sur leur tête. «Ouache! c'est tout mouillé!» crie ma sœur. Mais ce n'est pas le moment de se perdre en excuses inutiles.

– Que fais-tu là? demande ma mère.

– Pas le temps de t'expliquer! Question de vie ou de mort!

Je repars à vive allure en traînant derrière moi l'assemblage de branches.

Pour descendre de la falaise, je n'ai que deux choix. Si je vais droit devant, je dois plonger dans le fleuve – mais je ne suis pas très bon nageur. Si je prends à droite, il faut que je saute de trois mètres pour atterrir sur la plage… Tant pis! À droite!

Bandant mes muscles, je fais basculer mon fardeau en bas de la falaise, puis je saute à mon tour dans le vide!

– Billy-iiiiiiiii!!

Le cri de maman résonne encore lorsque j'atterris sur le sable sans douleur, sans même penser que j'aurais pu me faire mal. Mais comme l'avait conseillé Max, j'ai plié les genoux pour amortir mon contact avec le sol.

Je me relève et je me jette à l'eau, en poussant les branchages devant moi. J'avais raison de dire que ce bricolage ressemblait plus à un radeau qu'à un toit. Il ne me manque plus qu'une pagaie, maintenant.

C'est alors que j'aperçois un long bout de bois flottant tout près de moi. Probablement une branche qui se sera détachée du toit lors de sa chute.

Je m'en empare et je grimpe sur mon radeau improvisé, sans m'occuper des cris qui retentissent là-haut. Maman et les autres ne doivent rien comprendre.

Pour l'instant, ce qui compte, c'est qu'il ne soit pas trop tard.

Non! Le père Beaulieu est toujours là, le harpon brandi au-dessus du béluga.

Je pagaie comme la kayakiste Caroline Brunet aux jeux Olympiques.

– Monsieur Beaulieu! Monsieur Beaulieu! Ne faites pas ça!

Le vieil homme ne bouge pas. Le béluga non plus. On dirait qu'ils sont figés dans le temps. Le pire se serait-il produit?

Mais non. Un jet d'écume me rassure.

En m'approchant, je vois bien que le béluga est complètement coincé dans sa prison de pieux. Je distingue mieux les balafres que j'avais remarquées la première fois. Son œil tout rouge semble me supplier.

– Monsieur Beaulieu!

Lâchant son harpon, l'ermite s'écroule au fond de la barque, les épaules secouées de sanglots.

– Je… Je ne peux pas…

– Calmez-vous, monsieur Beaulieu!

Il enfouit son visage plissé dans ses grandes mains décharnées.

– Tu ne peux pas comprendre, mon gars… J'ai fait tant d'efforts… Pourtant, je n'ai pas été capable de réaliser mon rêve. Je ne vaux plus rien.

J'immobilise mon radeau improvisé contre sa barque.

– Votre rêve, c'était de capturer un béluga?

Le père Beaulieu relève fièrement la tête.

– Mon rêve, c'était de chasser le marsouin blanc comme l'ont fait avant moi mon père, mon grand-père et mes ancêtres qui en tiraient de l'huile qu'ils vendaient fort cher. Des hommes braves, respectés. Moi, ajoute-t-il en baissant les yeux, je suis juste un vieillard plus bon à rien.

– Voyons donc!

– Ils disent tous ça au village. Je voulais leur montrer que je n'étais pas un vieux fou, que je savais faire autre chose que radoter.

C'est bizarre, cet étrange personnage, dont la seule vue m'emplissait d'horreur auparavant, me fait maintenant… pitié.

– Vous avez quand même construit ce piège à béluga et vous avez réussi à en capturer un. Est-ce que c'est pour nous empêcher de le découvrir que vous avez cherché à nous éloigner?

– Oui, il n'y a eu personne de tout l'été dans ce chalet. Votre présence dérangeait mes plans. Vous étiez des témoins gênants.

Le père Beaulieu ne pouvait pas savoir que ses tentatives d'intimidation échoueraient face à l'entêtement de ma mère et la témérité de Clara et de Darie.

– Dites-moi, monsieur Beaulieu, si je n'étais pas intervenu, que serait-il arrivé à ce pauvre animal?

Le vieil homme soupire.

– Rien. Je n'ai pas le cœur de lui faire mal.

– C'est bien ce que je pensais.

– Il ne me reste plus qu'à le libérer et à démolir tout ça.

Soudain, j'ai une idée.

– Attendez! Vous voulez que les gens du village vous respectent, n'est-ce pas? Vous croyez que si vous pouviez leur prouver que vous êtes capable de capturer un béluga, ils ne vous traiteraient plus de vieux fou?

L'ermite soulève ses sourcils blancs.

– Si je ne leur amène pas de marsouin, comment pourraient-ils me croire?

– Vous pourriez leur apporter… une photo!

J'agite mon appareil que j'ai heureusement toujours au cou. Le visage ridé du père Beaulieu se décrispe.

– Venez, approchez-vous de l'animal et… souriez!

****

Comme la chasse aux bélugas est interdite, j'ai aussi photographié le vieux pêcheur en train de relâcher le mammifère marin. Je voulais être certain qu'il n'aurait pas de problème avec les autorités.

La mère de Max nous a appris que le rédacteur en chef du journal local préparait justement un article sur l'histoire du village et sur ce type de pêche. Il paraît que cela a été une activité économique importante dans la région pendant plus de deux cents ans.

Mes photos pourraient peut-être l'intéresser?

****

Eh bien, croyez-le ou non, une semaine plus tard, mes deux photos paraissaient en première page du journal. On y voit le père Beaulieu tout souriant à côté de son béluga, ainsi que la barque, la mer superbe et, en arrière-plan, les montagnes.

Je vais montrer ça à mon prof de photo. Je pense qu'il sera content de moi!

Le journal mentionne même mon nom : *Photos Billy Latreille.* Pas Billy Latrouille. Latreille. C'est ça qui me fait le plus plaisir.

– Je n'arrive toujours pas à comprendre comment tu as réussi à faire ça! s'écrie ma sœur en repliant le journal.

Les Téméraires ne sont pas encore revenues de leur surprise de me voir jouer les héros sur le fleuve.

– C'est dans les situations critiques que l'on découvre la valeur des gens, explique maman.

Remise de ses émotions, ma mère va enfin pouvoir se relaxer. Du moins, elle va essayer.

– On prévoyait admettre de nouveaux membres dans notre club, nous apprend Darie. En plus d'un grand noiraud à lunettes noires, on pourrait ajouter un petit rouquin au nez retroussé.

– Hourra pour les braves! approuve ma mère.

Moi, brave? Peut-être. Après tout, j'ai pris des risques et fait des gestes que je n'aurais pu imaginer sans trembler, quelques heures auparavant. Tout bien considéré, je ne vois pas ce qu'il y a de mal à bomber le torse.

— Merci, Darie. Merci, Clara. Au fait, j'ai déjà un projet pour les nouveaux Téméraires. Je suggère qu'on s'attaque au mystère des diables de la légende. On a deux semaines pour tirer ça au clair!

Avec mon courage tout neuf, ça ne devrait pas poser trop de problèmes. Je me sens prêt à affronter les pires dangers.

— À propos, annonce ma sœur, une lueur espiègle dans les yeux, je viens de voir le mulot passer sous ta chaise.

— Hiiiiiiiiiiiiiii!!

Je bondis illico sur la table.

— Tu disais, Billy? pouffe Darie.

Hum! on en reparlera quand je serai redescendu à terre.

Note de l'auteur

Le cap du Diable existe vraiment dans la région de Kamouraska, tout comme la légende qui s'y rattache et dont je me suis inspiré. Rivière-Ouelle est un véritable village, accueillant et pittoresque, situé en bordure du fleuve, au large duquel on peut parfois observer des bélugas s'ébattre.

Il fallait couper pas moins de sept mille petits arbres – et non pas douze – et les planter à une vingtaine d'arpents de la rive, à la pointe de Rivière-Ouelle, pour construire une « pêche » à marsouins blancs.

Il est déjà arrivé que l'on en capture une centaine en une seule journée.

Table des matières

La collection Nature Jeunesse